Olhar a África e ver o Brasil

Indumentárias – roupas, adereços e costumes

Fotos: Pierre Verger

Curadoria Raul Lody

Coleção Olhar e Ver
Indumentárias – roupas, adereços e costumes: olhar a África e ver o Brasil
© IBEP, 2015.

Diretor superintendente	Jorge Yunes
Diretora editorial	Célia de Assis
Gerente editorial	Maria Rocha Rodrigues
Coordenadora editorial	Simone Silva
Editora	Camila Castro
Revisão	Beatriz Hrycylo, Denise Santos, Luiz Gustavo Bazana, Salvine Maciel
Secretaria editorial e Produção gráfica	Fredson Sampaio
Assistentes de secretaria editorial	Carla Marques, Mayara Silva, Thalita Ramirez
Assistentes de produção gráfica	Elaine Nunes, Marcelo Ribeiro
Coordenadora de arte	Karina Monteiro
Assistentes de arte	Aline Benitez, Gustavo Prado Ramos, Marilia Vilela
Iconografia	Bruna Ishihara, Victoria Lopes, Wilson de Castilho
Fotos	Acervo da Fundação Pierre Verger
Processos editoriais e tecnologia	Elza Mizue Hata Fujihara
Projeto gráfico e capa	Departamento de Arte – IBEP
Diagramação	Departamento de Arte – IBEP

CIP-BRASIL. CATALOGAÇÃO NA PUBLICAÇÃO
SINDICATO NACIONAL DOS EDITORES DE LIVROS, RJ

I34

    Indumentárias - roupas, adereços e costumes : olhar a África e ver o Brasil / fotos de Pierre Verger ; [curadoria Raul Lody]. - 1. ed. - São Paulo : IBEP, 2015.
    23 cm   (Olhar e Ver)

    ISBN 978-85-342-4610-1

    1. Conto infantojuvenil Francês. I. Verger, Pierre Edouard Léopold, 1902-1996.II. Lody, Raul. III. Série.

15-29005   CDD: 028.5
                                                                      CDU: 087.5

10/12/2015   10/12/2015

1ª edição – São Paulo – 2015
Todos os direitos reservados

Av. Alexandre Mackenzie, 619 – Jaguaré
São Paulo – SP – 05322-000 – Brasil – Tel.: (11) 2799-7799
www.ibep-nacional.com.br   editoras@ibep-nacional.com.br

Impressão e acabamento: Gráfica Cipola - Dez/2017

Olhar a África e ver o Brasil

Indumentárias – roupas, adereços e costumes

◈ Apresentação ◈

A Coleção *Olhar e ver* valoriza a linguagem visual como principal condutor de conteúdo e como meio para interpretar as profundas relações entre o continente africano e o Brasil.

As fotografias de Pierre Verger, orientadas por um olhar sensível e humanista, são capazes de retratar momentos sociais repletos de significados peculiares para cada cultura, para cada episódio da vida cotidiana.

Essas fotografias resgatam a memória e a invenção africana em diferentes regiões desse continente. Já no Brasil, retratam as manifestações populares que são correlatas às matrizes étnicas e culturais do continente africano.

As imagens do livro *Indumentárias: roupas, adereços e costumes* revelam a beleza de indumentárias tradicionais africanas, compreendidas como um conjunto de vestimentas, adornos e costumes que identificam uma época, um povo, uma classe social. Pelas imagens, é possível perceber a relação estética e simbólica com indumentárias brasileiras num diálogo que evidencia a forte presença da matriz africana na formação de nossa identidade cultural.

◈ Sumário ◈

 **JILABA** 8

 **INDUMENTÁRIA FEMININA COM ESTAMPA** *BATIK* 18

 **BAIANAS VESTIDAS PARA A FESTA DO BONFIM** 28

 **INDUMENTÁRIA FEMININA PARA DIA DE FESTA** 10

 **VENDEDOR DE TECIDOS** 20

 **REI E RAINHA DO MARACATU** 30

 **INDUMENTÁRIA DOS JOVENS** 12

 **INDUMENTÁRIAS DAS CARAVANAS** 22

 **AFOXÉ** 32

 **ABADÁ** 14

 **ACESSÓRIOS** 24

 **CHAPÉU DE PALHA** 34

 **INDUMENTÁRIA FEMININA COM BÚZIOS** 16

 **BECA** 26

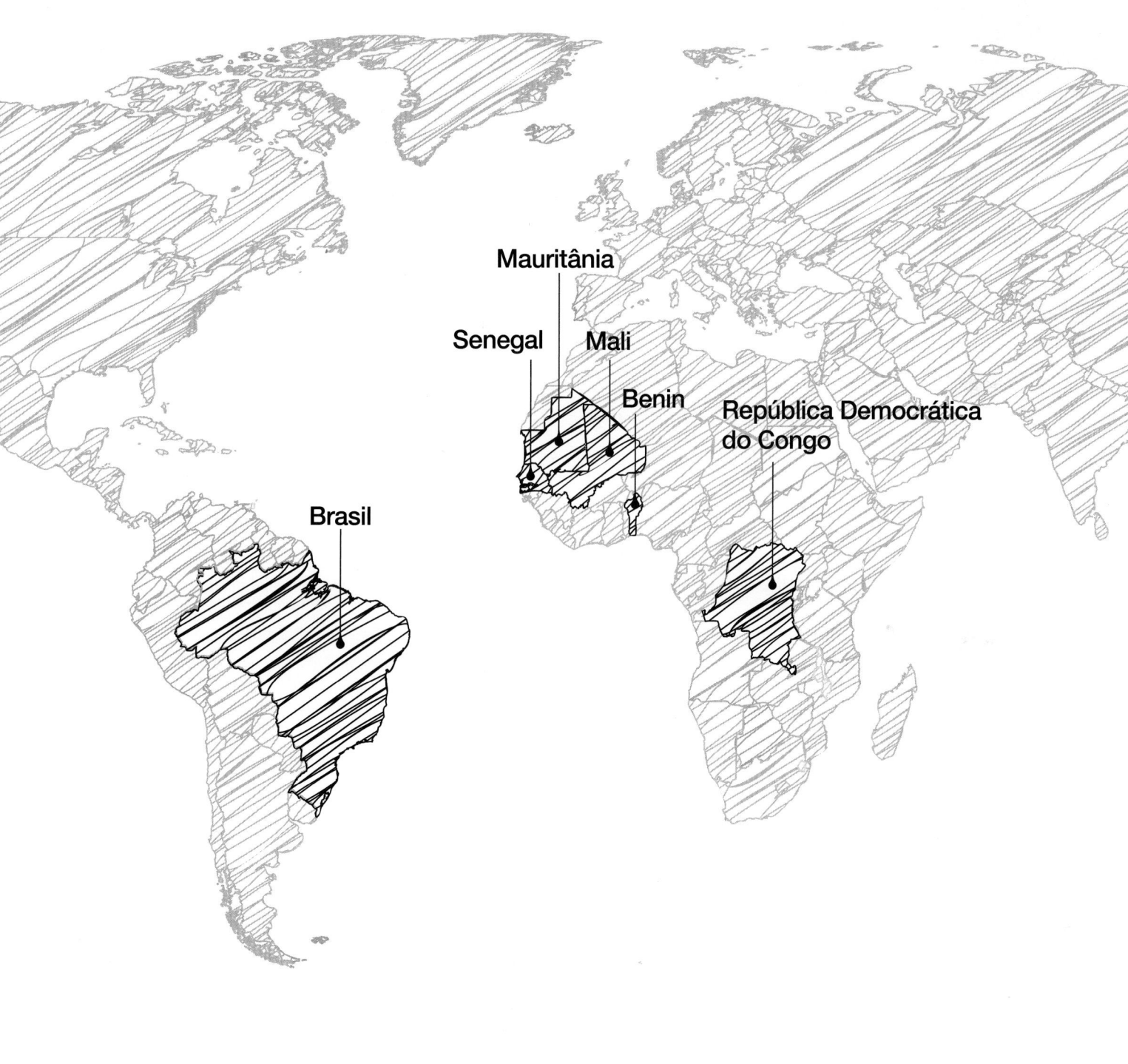

◈ Jilaba

Mauritânia

O homem veste uma jilaba, roupa de algodão que cobre todo o corpo. Ela o protege e o ajuda a suportar as altas temperaturas do Deserto do Saara, onde ele vive. O turbante é feito com uma longa tira de tecido.

◈ Indumentária feminina para dia de festa
República Democrática do Congo

Nas festas, as mulheres congolesas usam vestidos com estampas muito coloridas, além de brincos e colares. Na cabeça, usam adorno feito com armação de arame e lenço, que protege do sol.

◈ **Indumentária dos jovens**

República Democrática do Congo

Coberto por tecido de algodão, que protege seu corpo do sol, o menino usa uma grande quantidade de pulseiras de metal. O corte de cabelo, assim como a marca em seu rosto, feita propositalmente, identificam o grupo cultural ao qual ele pertence.

◈ Abadá

Benin

O abadá é um traje masculino composto por uma túnica larga, de algodão tecido artesanalmente. É complementado por um gorro chamado *eketé* e por um grande colar com tipos variados de contas, que indicam a importância da pessoa para a comunidade.

◈ Indumentária feminina com búzios
Benin

A mulher está vestida com roupas feitas de um tecido de algodão artesanal, com pequenas aberturas que mostram uma maneira especial de tecer. Na cabeça, usa um tipo de gorro feito com búzios, que também são comuns em colares, pulseiras e brincos.

◈ **Indumentária feminina com estampa** *batik*
Senegal

A menina usa um traje de festa muito especial: vestido com um tipo de estampa chamado *batik* e, por cima dele, uma túnica de tecido mais fino com bordados. Um grande turbante, brincos e colar deixam-na ainda mais bonita.

◈ Vendedor de tecidos
Senegal

No mercado de tecidos de Dakar, pode-se encontrar vários tipos de tecidos – alguns produzidos em indústrias; outros, artesanalmente. O vendedor de tecidos de Dakar usa uma túnica longa e turbante, bem apropriados para seu negócio.

◈ **Indumentárias das caravanas**
Mali

Os trajes dos mercadores que atravessam o Deserto do Saara são bem diversificados, mas, para protegê-los do sol, as túnicas e os turbantes estão sempre presentes. As cores em geral são claras, pois refletem a luz e, assim, diminuem a intensidade do calor.

◆ Acessórios

Bahia, Brasil

A mulher usa a tradicional roupa de baiana, complementando-a com pulseiras, colares e brincos de prata. Esses adereços também podem ser feitos com miçangas, contas, palha e búzios.

◆ **Beca**

Bahia, Brasil

O traje das baianas é composto por turbante ou torço para a cabeça, blusa bordada, pano de costas e saias rodadas e compridas. Os colares e pulseiras estão sempre presentes.

◈ **Baianas vestidas para a Festa do Bonfim**
Bahia, Brasil

Na Festa do Bonfim, a roupa das baianas é especial: a saia, a camisa, o turbante e o pano de costas, feitos de diversos tecidos e bordados, são totalmente brancos. Além do turbante, as baianas também levam na cabeça um jarro com água e flores.

◈ Rei e rainha do Maracatu

Pernambuco, Brasil

O rei e a rainha do Maracatu, cortejo típico do Carnaval pernambucano, usam trajes que misturam influências africanas, europeias e indígenas. Um toldo feito de tecido, símbolo da realeza, acompanha o cortejo para protegê-los do sol.

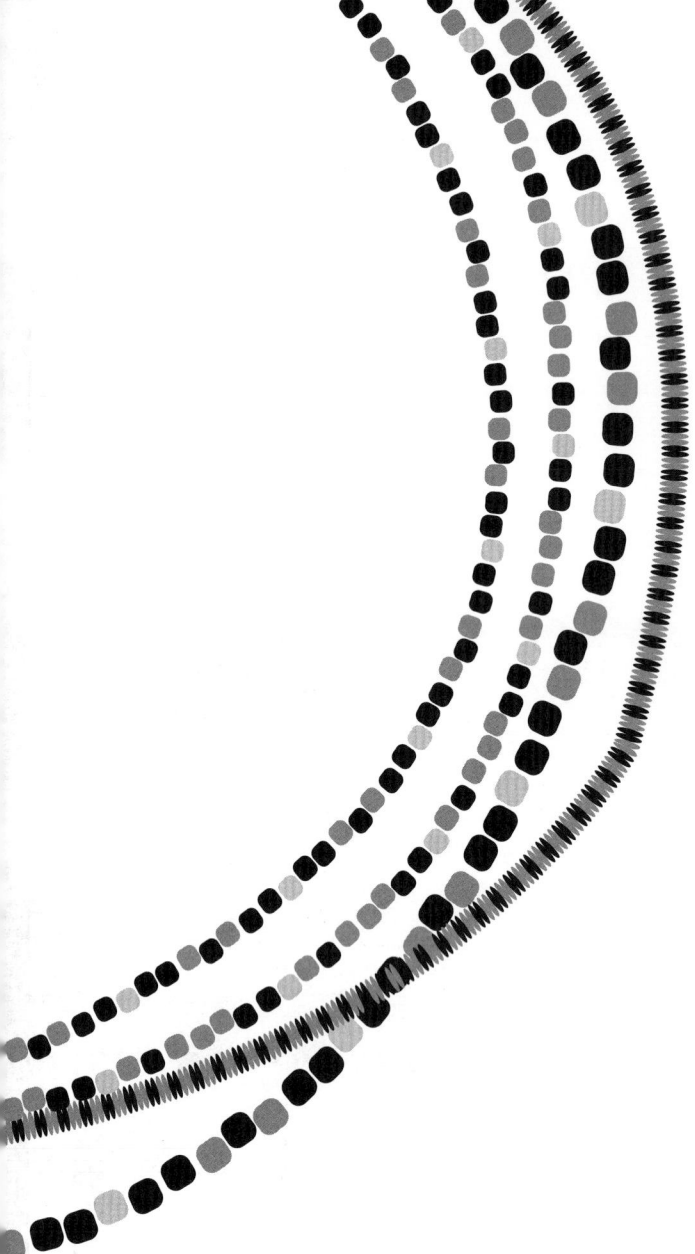

◈ Afoxé
Bahia, Brasil

No Carnaval baiano, os grupos de afoxé desfilam com roupas brancas de detalhes coloridos, turbante com o símbolo do bloco e colares de contas – ou guias – nas mesmas cores, que variam de acordo com a representação do orixá do grupo.

◈ **Chapéu de palha**

Bahia, Brasil

No Carnaval da Bahia, os músicos tocam, cantam e dançam. Usam impecáveis roupas brancas: paletó, *blazer*, camisas de linho e calça. Para complementar o traje, sapato de bico fino e chapéu de palha.

INFORMAÇÕES COMPLEMENTARES

Apresentação

Ler uma fotografia requer uma educação do olhar. Para realizar essa leitura, é necessário combinar apreciação e interpretação da imagem com a reflexão sobre o contexto em que foi produzida. A intenção dos textos a seguir, com informações complementares para o entendimento das fotografias, é fornecer alguns subsídios para esse processo.

Páginas 8 e 9

A fotografia mostra um homem da Mauritânia, país localizado na região do grande Magreb, junto com Argélia, Marrocos, Tunísia, Líbia e Egito. Todos com marcante presença muçulmana. A *jilaba* é uma indumentária tradicional masculina usada no cotidiano por diversos povos e culturas que estão próximas ao Deserto do Saara.

O traje revela um turbante elaborado e que indica uma busca estética, além de funcional, pois protege a cabeça do sol. Essa indumentária, além de cumprir a função de proteger o corpo, é uma representação cultural da arte tradicional africana.

Páginas 10 e 11

A fotografia retrata uma mulher com um modelo de vestido que se aproxima do europeu. Essa influência veio pelo fato de a atual República Democrática do Congo ter sido colônia da Bélgica. Antigamente, o país era conhecido como Congo Belga. Durante esse período, eram comuns as trocas culturais entre os colonos e os colonizados.

Localizado em uma área central do continente africano, a República Democrática do Congo possui muitas florestas e seu clima é parecido com o da Floresta Amazônica. O país é rico em reservas de cobre, cobalto e outras matérias-primas, o que torna comum a disputa por poder de territórios. O interesse dos colonizadores nessa riqueza natural foi um dos fatores que dificultou o processo de independência política do país.

Páginas 12 e 13

Para compreender o conceito de indumentária, é necessário olhar para o conjunto, pois o entendimento do termo vai além das vestes e de outros materiais que cobrem o corpo.

Roupas, penteados, adornos corporais, marcas e outras modificações corporais e objetos complementares levados nas mãos e costumes materializados em objetos ou marcas compõem o verdadeiro significado de indumentária. Geralmente, esse conjunto identifica ou determina uma época, um povo, uma classe social etc.

Os tecidos dispostos sobre os ombros, que cobrem o corpo, os penteados e os adornos em metal são elementos que, integrados às marcas étnicas nos rostos, feitas por escarificação, determinam quem são esses jovens e a qual cultura eles pertencem.

Páginas 14 e 15

A fotografia retrata um homem com abadá, roupa tradicional usada por vários povos da África ocidental. É um tipo de túnica bem larga e longa, cujo comprimento vai até a altura dos joelhos. Ela apresenta algumas aplicações feitas de recorte de tecido, o que indica que se trata de um tecido feito no tear horizontal e que segue técnicas artesanais.

O *eketé*, um tipo de gorro de tecido, caracteriza a posição social do homem na sociedade iorubá. O colar elaborado também indica a posição social da pessoa retratada, pois os adornos corporais têm significados especiais conforme os materiais, as cores, os tipos e os seus usos.

A tecelagem artesanal na África ocidental é um trabalho masculino. Normalmente é usado o fio de algodão para realizar esses tecidos no tear horizontal. No Brasil, a partir do século XVI, esses tecidos artesanais ficaram conhecidos como *panos da costa* porque a palavra "costa" indica a procedência africana dos produtos.

Páginas 16 e 17

A foto retrata uma mulher que, por sua indumentária, tem um importante papel social para o povo iorubá. Isso é possível ser identificado por causa do tipo especial de gorro feito de búzios e pela pigmentação desses materiais, que indica um tipo de sacralidade.

Os búzios são muito comuns nos adornos corporais africanos e estão presentes nos colares, nas pulseiras e em outros objetos. Também estão diretamente associados à arte tradicional africana, que recorre aos materiais naturais da região, como madeira, folhas, búzios, fibras e outros para criar suas produções.

A mulher tem grande importância na sociedade iorubá, especialmente por seu papel como mãe. Entretanto, esse *status quo* é alterado quando foram trazidas para o Brasil durante o processo colonial português. De importantes figuras sociais, elas passaram para a condição de escravizadas.

Páginas 18 e 19

Roupa composta por um vestido com estamparia *batik*, uma técnica artesanal feita da cera com diferentes pigmentos, e uma túnica larga e transparente, com bordados.

O magnífico turbante caracteriza a indumentária como para festividades. O conjunto de brincos e o colar apontam a busca estética na composição. As cores dos tecidos e os materiais dos adornos têm significados peculiares para a mulher do Senegal, por mesclar as culturas *oulof* e muçulmana. A indumentária tem destaque na arte africana, pois é uma realização cultural e pessoal.

Páginas 20 e 21

Nos mercados africanos, como no da cidade de Dakar, capital do Senegal, país da África ocidental, há grande oferta e consumo de produtos regionais, entre eles os tecidos para produção de roupas. A maioria desses tecidos é de algodão para se adequar ao clima quente, como a indumentária do vendedor, que usa *jilaba* e turbante. Como o mercado é ao ar livre, a composição serve para protegê-lo do intenso sol da região.

Na fotografia, o vendedor oferece grande variedade de tecidos, de diversos padrões e tipos, feitos tanto em produção industrial como artesanalmente. A escolha de padrões, cores e tipos acontece conforme o desejo do consumidor. A diversidade de tecidos aponta tendências estéticas que distinguem as roupas africanas dentro do próprio continente e em outros países, como no Brasil.

Alguns países africanos, como Senegal, Benin, Nigéria, Togo, Gana, Guiné-Bissau e São Tomé e Príncipe têm relação histórica e comercial com o Brasil. Assim como esses países, o Brasil também tem polos têxteis com mercado de tecidos, como nos estados de São Paulo, principal fabricante de vestuário, Santa Catarina e Ceará. No caso do Ceará, há forte presença de tecidos *denim* e em fios de algodão.

Páginas 22 e 23

Os países da região próxima ao Deserto do Saara são cultural e comercialmente importantes. As caravanas de camelos, que cruzam o deserto, contribuem para um comércio intenso entre os vários povos do continente.

Os papéis sociais e econômicos dessas caravanas, predominantemente masculinas, são identificados pela indumentária, composta, principalmente, pelas vestes chamadas *jilaba*, que são longas túnicas que cobrem totalmente o corpo, com mangas compridas. A roupa pode ter um capuz integrado à túnica ou a pessoa pode utilizar um turbante, peça complementar à indumentária muito importante para proteger a cabeça do sol. Alguns homens usam colares com saquinhos de couro, que funcionam como amuletos – objetos de proteção segundo as tradições da região.

Páginas 24 e 25

A indumentária de baiana representa um conjunto de matrizes culturais muito próximas da formação social brasileira. O uso social e econômico da indumentária de baiana destaca-se no ofício das baianas de acarajé, que exercem o trabalho de produção e venda de acarajé e outras comidas de matriz africana. A roupa de baiana também é um traje utilizado em outras manifestações culturais populares no Brasil, como no Carnaval, em que toda escola de samba tem uma ala das baianas.

A foto retrata uma baiana com indumentárias tradicionais, que apresentam uma organização estética e simbólica identificada por meio das peças feitas de diferentes tecidos. Os panos da costa africanos são, provavelmente, provenientes de países da África ocidental, como Benin ou Nigéria. Esses países possuem um intenso comércio de produtos africanos na Bahia, principalmente com a exportação de tecidos artesanais, búzios, contas africanas, corais, palha da costa, sabão da costa, entre outros produtos.

As indumentárias retratadas na fotografia apresentam joias, produzidas com os produtos importados dos países africanos, que possuem cores intencionalmente selecionadas. Suas composições formam verdadeiros textos visuais, que identificam e particularizam cada uma das baianas. Esse conjunto de joias tem um sentido estético importante, pois aproxima essas interpretações baianas do que é africano, valorizando as relações do país com esse continente.

Páginas 26 e 27

A veste da "beca" ou "baiana de beca" é composta por camisa branca de algodão bordada, turbante ou torço feito com tira de algodão branco, pano da costa de astracã ou veludo preto, saia longa preta e plissada e chinelos de couro branco.

Nesse tipo de indumentária, as joias eram originalmente feitas de ouro, mas, atualmente, a maioria é feita de prata dourada. O trabalho artesanal de joalheria e o modelo seguem o estilo e a estética das joias tradicionais de Viana, região norte de Portugal. A quantidade de joias na indumentária simboliza o poder social e econômico da mulher.

A beca é muito comum no Recôncavo da Bahia, pois é a indumentária utilizada nas festas religiosas da cidade da Cachoeira. Essa região é importante por seus aspectos históricos, sociais e econômicos. Entre os principais produtos da região estão a cana-de-açúcar, o tabaco e o dendê.

Páginas 28 e 29

A fotografia retrata as baianas do Bonfim, mulheres com trajes de cor branca, que seguem o estilo da baiana, feitos especialmente para a Festa de Nosso Senhor do Bonfim. Essa celebração é uma das mais populares da Bahia, como as festas de 2 de fevereiro e o Carnaval, e acontece no mês de janeiro, na frente da Igreja do Bonfim, na cidade de Salvador, Bahia.

Essa indumentária tem como características o uso de tecidos bordados e engomados, que destacam a cor branca. As joias são tradicionalmente feitas de prata ou alpaca e os colares de contas brancas. Os jarros com água e flores indicam que as mulheres retratadas na fotografia participam de um ato ritual de lavar o adro da Igreja de Nosso Senhor do Bonfim.

Páginas 30 e 31

Maracatu é ritmo, dança e festa que nasceu em Pernambuco para comemorar com um cortejo a coroação da realeza africana. Ao serem trazidos e vendidos como escravizados na época do Brasil Colônia, os africanos mantiveram seus títulos de nobreza. Essa festividade é, portanto, uma representação da festa originária das cortes africanas.

A fotografia mostra os participantes com seus melhores trajes de festa, que fazem menção às indumentárias utilizadas nas tradicionais coroações africanas. Os trajes destacam-se pelo brilho e colorido das roupas e, também, pelos adornos com as joias. Com o passar do tempo, essas vestimentas tiveram influência das cortes europeias e das indumentárias festivas indígenas.

Páginas 32 e 33

O afoxé é um cortejo de rua que sai durante o Carnaval. Nessa manifestação afro-brasileira de raiz iorubá, as indumentárias se diferenciam pela cor do orixá e pelo símbolo da escola no turbante, os cânticos são cantados em iorubá ou em uma mistura de iorubá com português e os instrumentos são de percussão, como o atabaque e o xequeré.

A fotografia retrata homens que desfilam com indumentárias brancas de detalhes em azul dos pés à cabeça. A cor azul também está nos colares de contas e representa Obá, orixá ligado à água, conforme indica a bandeira que abre-alas.

Páginas 34 e 35

Os homens do grupo se vestem com um terno de cambraia de linho de cor branca e sapatos. Assim como a vestimenta branca, o grande chapéu também é uma característica da capoeira de Angola e, além de fazer menção à busca estética da arte africana, também cumpre a função de proteger o corpo e a cabeça do sol.

Pierre Verger

Pierre Edouard Léopold Verger, conhecido como Pierre Fatumbi Verger, nasceu em Paris, em 4 de novembro de 1902, e faleceu em 11 de fevereiro de 1996, na cidade de Salvador, Bahia.

Verger é considerado um dos mais importantes fotógrafos do século XX, tendo construído sua obra a partir da década de 1930, fotografando por mais de cinquenta anos.

Verger olha o mundo, aproxima o Oriente do Ocidente e aprofunda as relações entre a África e o Brasil.

No Brasil fotografou Pernambuco, Pará, Maranhão, Rio de Janeiro, São Paulo, Brasília e, principalmente, a Bahia, onde escolheu viver.

A custódia de sua obra pertence à Fundação Pierre Verger, criada em Salvador, em 1988, que assim assume o papel de instituição responsável e mantenedora de seu legado.